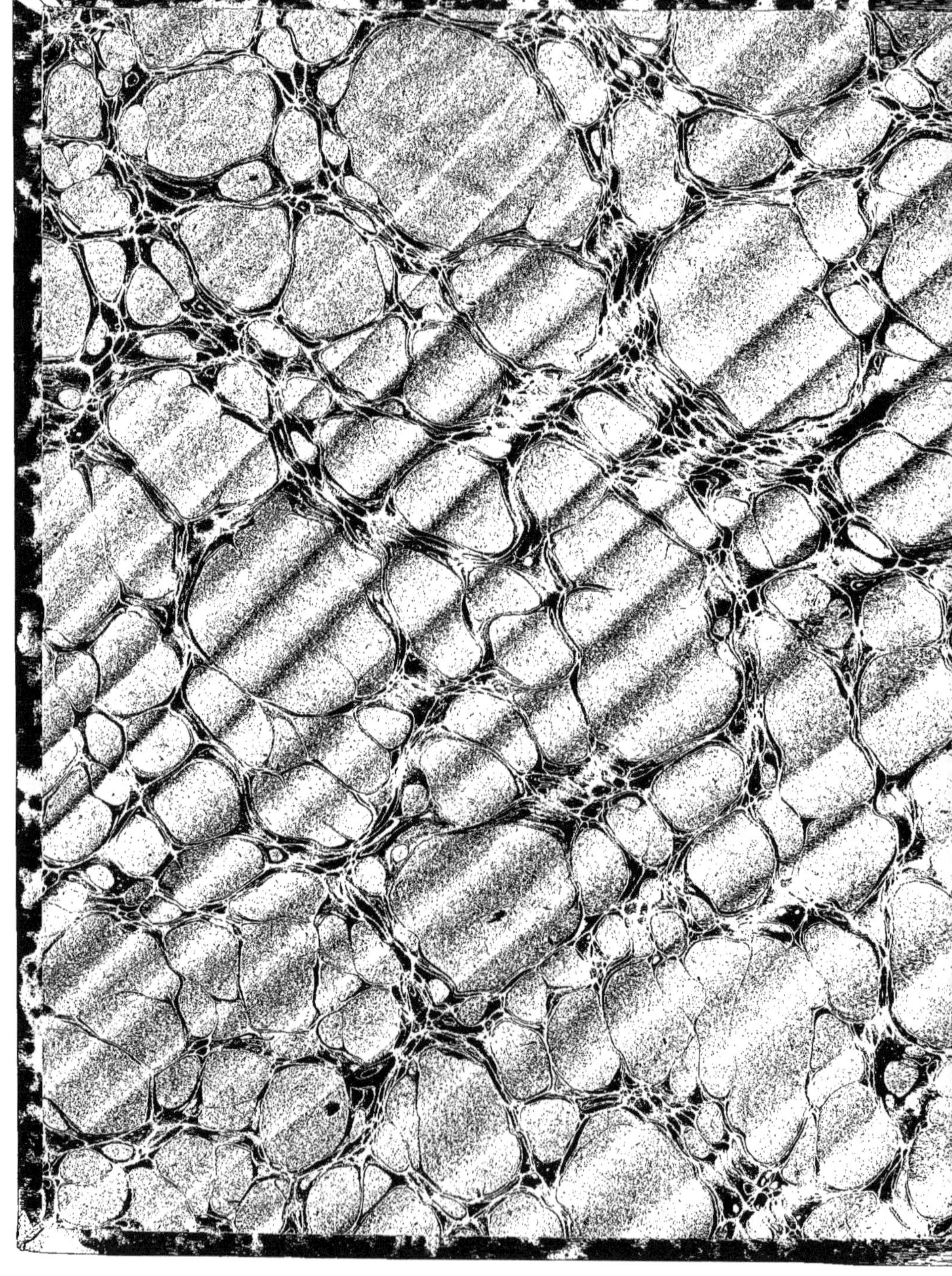

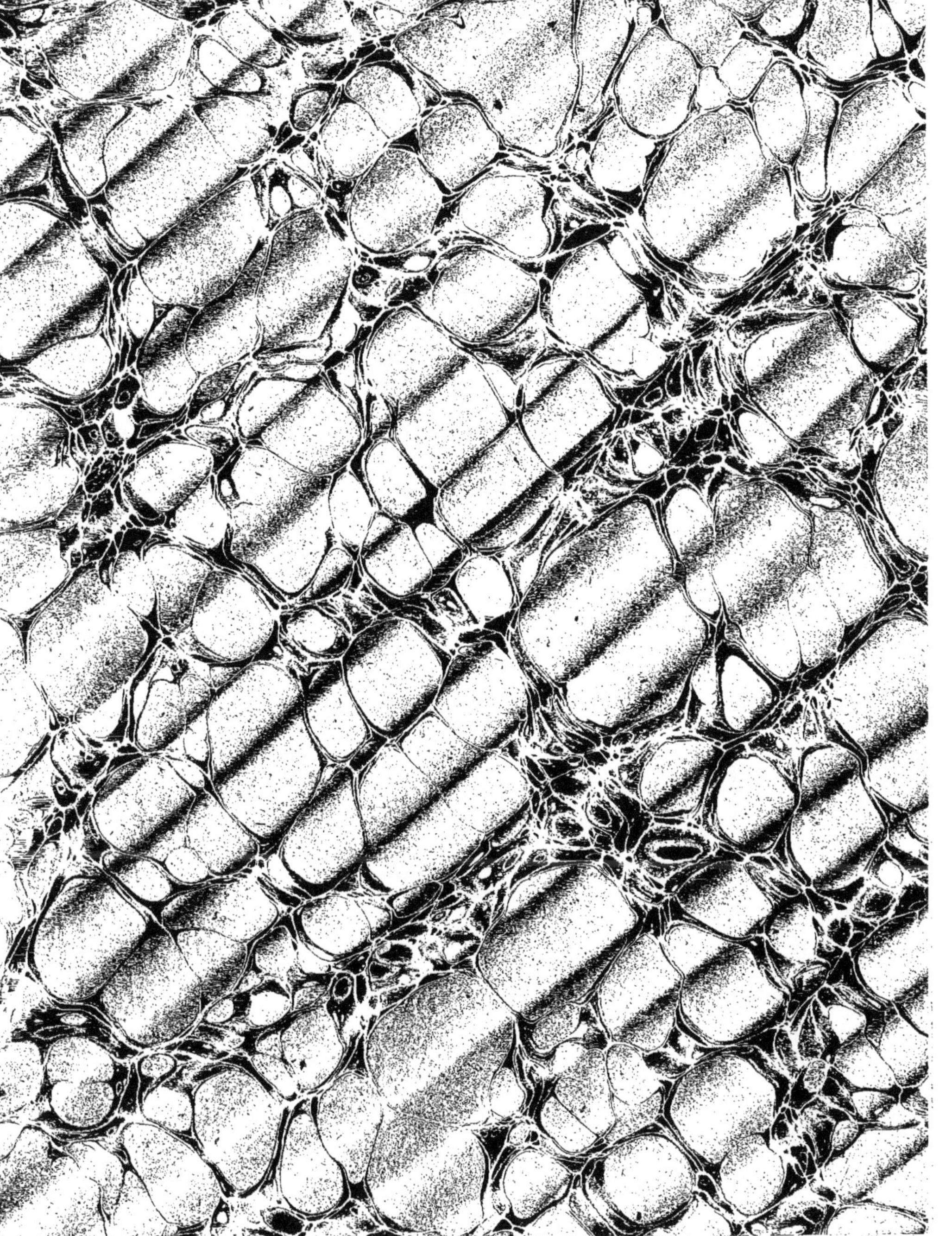

DÉLASSEMENTS

DES

JOLIS ENFANTS.

JOLIS LIVRES POUR LES ENFANTS.

Chez le même Éditeur.

JOLIS CONTES VRAIS, par madame Claire Brunne. Ornés de dessins, par M. Ch. Bour. Charmant volume in-18, papier vélin satiné. Broché. .   1 fr. 75 c.

LOISIRS ARTISTIQUES. — ÉTRENNES A LA JEUNESSE, 12 charmants tableaux par MM. Alès, Dubois, Gigoux, Gsell, Gudin, Gué, Jacquand, Lepoittevin, Loubon, le comte de Turpin-Crissé, Challamel et madame Haudebourt-Lescot.

Avec jolies nouvelles et notices, par M. François de Neuville. — Frontispice imprimé en or. Prix, broché, couverture imprimé en or. 8 fr.

HISTORIETTES, CONTES ET FABLES DE FÉNÉLON, joli volume in-18, illustré de nombreuses vignettes sur bois dans le texte et de douze grands sujets, par Fh. Fragonard. Broché.   4 fr.

VIE DE SAINT VINCENT DE PAUL, par Augustin Challamel, 1 vol. in-8, orné de huit jolis dessins par Jules David et Émile Wattier, avec frontispice. Broché. Prix.   5 fr.

LES MERVEILLES DE LA FRANCE, ou Vade mecum du petit voyageur, 1 vol. in-8, orné de 15 jolis dessins. Broché.   5 fr.

VIE DE LA SAINTE-VIERGE, texte par madame Anna Marie, 20 dessins, 22 feuillets de texte, frontispice et vignettes imités des vieux missels; par Th. Fragonard, lithographiés par Challamel et Moulleron in-4. Prix.   18 fr.

LA BIBLE DES ENFANTS, histoires morales et religieuses, tirées de l'Écriture Sainte, par Gustave Des Essarts. 2 vol. in-18, 22 gravures, culs de lampes, lettres ornées.   5 fr.

LES SOIRÉES DU DIMANCHE, par madame Eugénie Foa, in-18, orné de deux jolis dessins, par Géniole. Broché.   2 fr.

LES PLUS JOLIS TABLEAUX de Téniers, Terburg, Metsu, Van Helst, P. Potter, A. Ostade, etc., lithographiés par L. Noël, Dévéria, L. Boulanger, Midy, Colin, avec texte explicatif. In-4.   8 fr.

LE LIVRE D'ÉTRENNES, joli volume grand in-8, illustré de dessins de MM. Robert-Fleury, Victor Hugo, Marilhat, Roger de Beauvoir, Eug. Delacroix, Th. Fragonard, Challamel, etc., avec un texte. cart.   5 fr.

ALBUM DES PETITS AMATEURS DE DESSINS, contenant des dessins de MM. Devéria, Boulanger, Colin, Sorrieu, Challamel, Mouilleron, etc., in-4, joliment cartonné.   5 fr.

KEEPSAKE DES JEUNES AMIS DES ARTS, un fort volume in-8, orné de douze dessins d'après Horace Vernet, Roqueplan, Johannot, Robert-Fleury, etc. Prix cart. 5 fr., relié, 6 et 8 fr.

VIE DE JÉSUS-CHRIST, texte de Bossuet, illustrée de 20 dessins, frontispice et vignettes, imités des anciens maîtres Albert Durer, Raphaël, Holbein, Goltius, etc.; par Th. Fragonard, lithographiés par Challamel. in-4. Prix.   8 fr.

Imprimerie Ducessois, 55, quai des Augustins.

Delassements
des
JOLIS ENFANTS.
1843

DELASSEMENTS

des

JOLIS ENFANTS

DESSINS

PAR

TONY JOHANNOT, FORTIN, AUG. DELACROIX, LE C^{TE} DE TURPIN-CRISSÉ,
COUTURE, NESTOR D'ANDERT, GUILLEMIN,
CHALLAMEL, BOUTERWECK, ANDRÉ DURAND, ETC., ETC.

AVEC UN TEXTE

INSTRUCTIF ET AMUSANT.

PARIS

CHALLAMEL, ÉDITEUR, 4, RUE DE L'ABBAYE, AU PREMIER,
(FAUBOURG SAINT-GERMAIN).

A. Delacroix pinx.   Chellamel édit 4 R. de l'Abbaye.   Loire del.

Jeune femme allant au lavoir.

Imp. Berteaux Frès.

JEUNE FEMME ALLANT AU LAVOIR.

Dessin de M. Auguste Delacroix.

LES SUITES D'UNE DÉSOBÉISSANCE.

La bonne Madeleine, un matin, tenant par la main son enfant et portant sur sa tête un panier de linge, s'en alla gaiement au lavoir du village. Jamais elle n'avait été si heureuse! Elle tenait par la main sa jolie petite fille. Tout le monde disait que Jeannette était la plus jolie enfant du village; on l'embrassait, on la caressait, on la fêtait partout. Monsieur le maire, en passant, lui frappait avec bonté sur la joue; la femme du notaire avait toujours des bonbons ou des rubans dans sa poche pour elle; Mme la marquise de Watteville, qui habitait le château, l'envoyait bien souvent chercher pour jouer avec ses enfants. Chacun enviait Jeannette à cette bonne Madeleine.

Jeannette, à qui sa mère recommandait toujours de ne pas s'éloigner d'elle; eh bien, pendant que sa mère travaillait au lavoir, Jeannette disparut.

La rivière était là tout près, et une pensée affreuse traversa l'esprit de la pauvre Madeleine. Ma fille! ma fille! s'écria-t-elle en pleurant. O mon Dieu! qu'est-elle devenue? Et ses yeux cherchaient quelqu'un qui voulût se jeter à la nage pour sauver son enfant; car elle pensait qu'elle était tombée dans l'eau.

Un batelier passa; il entendit les cris déchirants de la pauvre mère, et plongea plusieurs fois à l'endroit où Madeleine pouvait supposer que Jeannette s'était noyée. Mais le batelier ne trouva rien, et Madeleine, presque folle de désespoir, rentra chez elle seule, n'osant apprendre à son mari le malheur qui venait de leur arriver. Trois mois se passèrent. Malheureux parents qui n'avaient pas même eu la consolation de voir pour la dernière fois leur fille.

Après bien des larmes versées, après bien des jours d'angoisse, leur chagrin com mençait à s'apaiser, quand Madeleine fut forcée, par des raisons de famille, à faire un voyage lointain, à plus de cent lieues du pays qu'elle habitait. Dieu voulut que cette circonstance lui ramenât le bonheur. Un jour de foire, elle reconnut sa fille, sa petite Jeannette au milieu d'une troupe de ces bateleurs qui font des tours de force... Elle n'en pouvait douter, c'était bien son enfant. N'écoutant que ses impressions maternelles, Madeleine traversa la foule des curieux qui faisaient cercle autour de la tente des bateleurs, et d'un bras vigoureux elle saisit son enfant, qu'elle inondait de ses larmes. Aucun de ces misérables n'osa élever la voix, et la mère, triomphante et bienheureuse, toute à sa joie présente, ne pensa pas à porter plainte contre eux. Elle revint bien vite à son village, et embrassa son mari en lui disant : Regarde, Thomas, voilà ta fille! Quelle scène attendrissante! quel sublime tableau! Ils croyaient leur fille morte, et ils la retrouvaient trois ans après sa disparition.

Jeannette expliqua à ses parents comment elle s'était éloignée du lavoir où sa mère l'avait conduite, et comment des hommes qui passaient sur le bord de la route l'avaient emportée dans leurs bras malgré ses pleurs et ses cris, et leur conta ce qu'elle avait souffert avec ces méchants bohémiens.

Voyez, mes chers enfants, combien la désobéissance de Jeannette a causé de chagrins à ses parents et à elle-même.

Un Trouvère.

UN TROUVÈRE.

UN MUSICIEN AU MOYEN AGE.

Dans le moyen âge, mes enfants, lorsque les mœurs étaient barbares et que la France ignorait encore ces arts d'agrément que vous aimez et cultivez tant aujourd'hui, le beau pays de la Provence donna naissance à des *Trouvères*.

C'étaient des chanteurs qui allaient de palais en palais, célébrant les hauts faits des chevaliers, les beautés de la nature, et les admirables préceptes de la religion. Une mandoline à la main, ils parcouraient les provinces du Midi et du Nord, pour aller récréer les belles châtelaines, et recevoir l'hospitalité pour prix de leur peine. Ils avaient la voix forte et mélodieuse pour la plupart, et chantaient en plein air comme des poëtes inspirés. Ils redisaient des légendes, des contes en vers, composés par eux, et souvent improvisés. Qnand un de ces trouvères traversait quelque village, tous les habitants sortaient aussitôt de leurs maisons pour venir l'écouter. Il s'asseyait sur une pierre ou sur un tronc d'arbre, au milieu d'un champ. Autour de lui se rangeaient de belles dames et de charmantes petites filles qui lui demandaient de leur chanter *une romance* sur tel ou tel sujet qu'elles lui proposaient. On voyait aussi quelquefois dans le cercle des amateurs de jeunes pâtres, vêtus d'une peau de mouton, ou des vieillards qui venaient se distraire au son de l'intrument délicieux dont le trouvère jouait habilement.

Que de fois il faisait pleurer son auditoire en chantant une ballade touchante! Que de fois, au contraire, il l'égayait par des récit naïfs et amusants! Aussi combien il était aimé en tous lieux, et comme chacun s'empressait de lui offrir une place au repas de famille et un gîte pour la nuit! — « Beau trouvère, lui disait-on, vous nous avez rendus heureux cette journée, c'est à nous à être reconnaissants. Asseyez-vous à notre table, buvez dans notre verre, passez les heures du repos dans ce logis, et demain, dès la pointe du jour, si vous ne voulez pas rester parmi nous, vous continuerez votre route. »

N'allez pas croire, au moins, chers enfants, que les *trouvères* du moyen âge fussent laids et misérables comme les chansonniers d'aujourd'hui, que vos mères vous défendent d'écouter ; oh! non : leur science était plus profonde que celle des ménétriers errants.

La plupart du temps, les trouvères étaient des hommes jeunes et brillants, voués à l'étude de la musique et de la poésie, des esprits élevés qui triomphaient de la barbarie des temps. Souvent des comtes, des ducs, des rois même se faisaient *trouvères*.

Plus tard, lorsque vous connaîtrez bien l'histoire de France, vous saurez de quel éclat ils ont brillé pendant deux cent cinquante ans environ, et vous lirez quelques-unes de leurs productions, si légères, si charmantes, si gracieuses. Les *trouvères* ont disparu à la fin du quatorzième siècle, et avec eux ont disparu aussi, mes enfants, ces ravissantes compositions dont votre première jeunesse a été bercée, ces ballades qui vous font tant de peur ou tant de plaisir, ces contes *en l'air* dont vous garderez toujours le souvenir.

Deux heures avant l'appel.

DEUX HEURES AVANT L'APPEL

Dessin par M. Guillemin.

LES DEUX CAMARADES.

Pierre Marin et Baptiste Plouet avaient été élevés ensemble dans le même village ; ils avaient été camarades d'école, et avaient passé toutes leurs journées à jouer dans la cour de la ferme exploitée par le père de Baptiste Plouet. On ne les appelait que les deux inséparables, les deux intimes, les deux frères. Si Pierre tombait malade, aussitôt Baptiste devenait triste et soucieux. Pour tout dire enfin, ils ne pouvaient se passer l'un de l'autre, et réalisaient à eux deux la véritable amitié sur la terre.

Leur jeunesse se passa bien heureusement. Mais, ils avaient à peine atteint l'âge de dix-huit ans que leurs parents, comme eux unis, firent de fausses spéculations, et perdirent en quelques mois le fruit de quinze années d'économies. Pierre et Baptiste étaient ce que le monde appelle des *enfants gâtés*, et voilà ce qui causa leur malheur. Leurs parents, au lieu de leur faire apprendre un état, avaient écouté tous leurs caprices, prévenu leurs plus petits désirs, les avaient laissés s'habituer à une vie de rentier. L'âge de la conscription arriva pour eux, ils tirèrent ensemble au sort qui ne voulut pas faire de jaloux, et qui les choisit tous deux. Pauvres jeunes gens ! Les voilà conscrits. Après avoir fait deux ou trois bons dîners, avoir, par compensation, versé quelques larmes, ils partirent, emportant les regrets de tous les garçons du village, et les bénédictions de leurs parents.

Ils furent classés dans le même régiment. Jugez de leur joie et de l'accroissement de l'amitié qui les unissait déjà ! On les citait partout comme deux modèles à suivre. Jamais entre eux la plus petite altercation, et leurs chefs avaient constamment les yeux sur eux. Ils sortaient ensemble pour aller aux fêtes de campagne aux environs de la ville où ils étaient en garnison, et si vous les aviez rencontrés tous deux, deux heures avant l'appel, couronnés de fleurs, avec leurs mirlitons, chantant un refrain du pays, vous auriez compris le plaisir qu'ils éprouvaient à vivre ensemble. Cette confraternité le doublait. Souvent le moindre passe-temps leur agréait plus qu'un plaisir bien bruyant et bien coûteux. Une simple promenade dans les champs, une promenade où l'on fait cinq à six lieues à pied, suffisait à leur distraction, car alors il parlaient de tout ce qui leur était cher.

Peu d'amis étaient aussi bien unis, aussi intimes, et dans le régiment leur amitié était devenue proverbiale. Cependant cette égalité parfaite entre Pierre Marin et Baptiste Plouet ne devait pas durer éternellement, car le premier avait plus de *moyens* que l'autre, comme on dit vulgairement. Il était sergent, quand Baptiste n'avait pas encore reçu les galons de caporal. Il y avait à craindre que la jalousie s'élevât entre eux; mais Baptiste avait la confiance de son infériorité, et il applaudit aux succès de son cher camarade. Jamais un nuage n'assombrit l'éclat de leur amitié. Plus tard même, Pierre étant parvenu aux grades supérieurs, protégea le bon Baptiste, devenu tout simplement fourrier.

Je ne vous dirai pas que Pierre Marin est devenu maréchal de France, mais, à l'heure qu'il est, il passe pour un des hommes les plus recommandables de l'armée. Baptiste Plouet est rentré dans la vie bourgeoise, rentré au pays, et il fait valoir la ferme où il fut élevé avec son ami, il l'y reçoit chaque année, et, assis à la même table, ils sont heureux de se rappeler les jeux de leur enfance et les tribulations ou les plaisirs du régiment.

F. Bouterwek pinx.	Challamel, éditeur.	A. Lemoine del.

Pèlerin Mourant (Campagne de Rome.)

Imp. Bertauts Paris

LE PÉLERIN MOURANT

Dessin de M. Bouterweck.

Felipe Reldini avait été exilé de son pays pour affaires politiques , laissant sa femme et sa petite fille Cornelia en Italie, aux environs de Rome. Cornelia avait six ans quand partit son père, déjà vieux. Quinze ans se passèrent sans que la famille pût se revoir ; quinze ans de douleur et de désespoir ! Felipe et sa femme s'écrivaient, quand tout à coup les lettres du mari furent interceptées par la police. Cornélia et sa mère n'entendirent plus parler de Felipe Reldini, et le crurent mort.

Cornelia travaillait dans la campagne de Rome , et chaque jour elle rapportait un mince salaire qui suffisait à son existence et à celle de sa mère.

Or, elle revenait un samedi à Rome , traversant ces plaines arides qui environnent la Ville éternelle, lorsqu'elle aperçut un homme à demi couché près d'un monticule qui s'élevait sur le bord du chemin. Cornelia, prise d'un sentiment charitable, s'approcha.

C'était un pèlerin ; sa besace et sa gourde gisaient à terre, et il tenait à la main un chapelet. Cet homme paraissait accablé par la fatigue. Ses yeux étaient fermés, sa poitrine se soulevait à peine ; on pouvait craindre que la vie se retirât de lui. Cornelia, d'abord, ne réconnut pas ces traits défigurés. Bientôt , cherchant à secourir le pauvre pèlerin, elle se mit à genoux devant lui, et l'examina attentivement.

O surprise ! ô douleur ! dans cet étranger mourant, dans ce pèlerin qui venait pédestrement à Rome, elle reconnut son père, Felipe Reldini. Les mains jointes et les yeux levés au ciel, Cornelia implora la clémence divine. Elle eut la crainte d'un affreux malheur. Oh! elle n'en pouvait plus douter , c'était son père! Que faire? que devenir? Elle l'appela tendrement, et il ne répondit pas à ses premières paroles.

Enfin il ouvrit les yeux, et reconnut la pauvre enfant, car il laissa échapper ces mots :

— « Mon Dieu, faites que je revoie ma famille avant de mourir !

— Mon père ! mon père ! c'est moi, c'est Cornelia qui est près de vous. Regardez-moi. Nous sommes à une lieue au plus de Rome. Songez au bonheur de ma mère, lorsqu'elle va vous revoir !...

— Cette voix ne m'est pas inconnue, reprit douloureusement Felipe Reldini.... O mon Dieu ! ma fille !

— Oui, votre Cornélia !

— Pauvre enfant ! sois bénie... je meurs... »

Felipe n'en put dire davantage. Le jour avait complétement baissé. Cornelia se jeta sur le corps inanimé de son père, puis elle reprit le chemin de Rome. La malheureuse enfant versait un torrent de larmes. En arrivant chez sa mère, elle s'évanouit, et ce ne fut qu'une demi-heure après qu'elle put décrire le déchirant tableau qui l'avait bouleversée.

La signora Reldini ne pouvait croire à ce récit. Cornelia était comme folle, et sa mère craignit que tout cela fût simplement une terreur, une illusion des sens. Mais elle l'accompagna le lendemain de grand matin, jusqu'au lieu où se trouvait Félipe Reldini, et elle ne douta plus de la terrible vérité.

On sut plus tard que Felipe, désireux de revoir sa patrie, avait entrepris le voyage de Rome à pied et sous le costume d'un pèlerin. Il était mort de fatigue et de faim, parce qu'il évitait la présence de tous les voyageurs. Plusieurs paysans, qui l'avaient rencontré, assurèrent que le pauvre homme avait marché jusqu'au dernier moment d'un pas rapide.

J. Jacot d'Après Fortin   Imp. Grégoire & Deneux   Challamel édit. 4 R. de l'Abbaye.

l'heure de la soupe.

L'HEURE DE LA SOUPE

Dessin de M. Fortin.

Près de Cancale, ce rocher si renommé pour ses huîtres, on remarque une chaumière bien petite et bien modeste. C'est là que vit une nombreuse famille de pêcheurs bretons. Le maître se nomme Pordic, et vous serez charmés de connaître son histoire, car c'est un de ces hommes que tout le monde vénère, et dont la vie est belle entre toutes. C'est le grand-père de la famille Pordic. Dieu ne lui a laissé qu'une fille. Il fait la pêche sur les côtes de Bretagne, et se serait amassé une fortune s'il eût été égoïste; mais c'est un cœur aimant et généreux. Devenu de bonne heure la providence de sa famille, il a voulu réunir auprès de lui son frère et sa sœur. Le premier, beaucoup plus jeune que lui, est père de plusieurs enfants arrachés à la misère par Pordic; les petits-neveux aussi ont été nourris dans la chaumière. Leur tante est devenue ménagère au logis. C'est elle qui prend soin de la petite fortune de Pordic, qui veille au raccommodage des filets, qui prépare la cuisine pour tous.

Oh! si vous saviez combien cet intérieur est heureux! Quelle harmonie règne dans cette humble famille! Non content d'être généreux envers ses parents, Pordic est en outre le modèle du paysan hospitalier.

Un jour que je me promenais non loin de sa chaumière avec un ami qui m'accompagnait dans une tournée en Bretagne, nous fûmes assaillis par un orage épouvantable. Pordic nous aperçut de sa fenêtre, nous appela, nous pria d'entrer en ajoutant ces mots si simples et si caractéristiques : *C'est l'heure de la soupe,* vous ferez comme nous. Il nous était impossible de refuser. Nous entrâmes, et la vue de cette famille rassemblée nous parut délicieuse. Le vieux Pordic, accoudé sur un bahut dè chêne, contemplait ses enfants adoptifs. Sa belle-sœur tenait sur ses genoux un enfant nouveau-né auquel la tante présentait la bouillie. Toute la famille riait à voir manger le « petit ange, » comme l'appelait Pordic. Et le marin répandait des larmes de joie. Ce bonheur était son ouvrage.

« Tous ceux que vous voyez là m'aiment, me soigneront et me béniront dans ma vieillesse! nous dit ce brave homme. »

L'orage ayant cessé, nous remerciâmes les bons pêcheurs auxquels nous ne pûmes rien faire accepter pour prix de leur hospitalité. A Cancale, le soir même, nousparlâmes de Pordic. Il aurait, à l'heure qu'il est, un couple de mille livres de rentes, s'il n'avait pas soutenu toute sa famille, nous dit un marin. Mais il ne possède rien que son bateau. C'est le meilleur homme qui soit dans les environs.

Si vous allez à Cancale, demandez Pordic le pêcheur, et voilà ce qu'on vous répondra toujours : Honorez, mes enfants, le beau caractère de ce vieillard breton, habitant un pays si poétique et si religieux.

Douglas le noir.

DOUGLAS-LE-NOIR

Dans un des plus beaux ouvrages de Walter Scott, le célèbre romancier, dont le nom a été souvent prononcé par vos mères, chers enfants, dans l'*Histoire d'Écosse*, est rapportée la légende que vous allez lire, et qui est devenue populaire dans ce poétique pays.

« La femme d'un des officiers anglais, assise sur le rempart avec son enfant dans ses bras, regardait par hasard dans la plaine, quand elle aperçut quelque chose de noir qui semblait s'approcher des fossés, et qui ressemblait assez à un troupeau de bœufs. Elle le montra à la sentinelle et lui demanda ce que c'était. « Bah! bah! c'est le troupeau d'un tel, répondit le soldat en nommant un fermier des environs du château; le brave homme fait son dimanche gras, et il a oublié de faire rentrer ses bœufs dans leur étable. Si Douglas vient à passer par là, il se repentira de sa négligence. »

La vérité est que ce qu'ils apercevaient du haut des remparts n'était pas un troupeau de bœufs, mais bien Douglas et ses soldats, qui avaient mis de grands manteaux noirs par dessus leurs armes, et qui se traînaient sur les pieds et sur les mains, afin de pouvoir, sans être remarqués, s'approcher assez du château pour pouvoir planter des échelles contre le mur. La pauvre femme, qui n'en savait pas davantage, resta tranquillement sur le rempart, et se mit à chanter pour amuser son enfant. Je dois vous dire que le nom de Douglas était devenu si terrible aux Anglais, que les femmes s'en servaient pour effrayer les petits garçons qui n'étaient

pas sages, et elles leur disaient que, s'ils ne se taisaient pas, Douglas le Noir allait
venir les prendre. La jeune femme chantait précisément cette chanson :

« Vous n'en êtes pas bien sûr, dit une voix à son oreille. En même temps, elle
sentit une lourde main armée d'un gantelet qui s'appuyait sur son épaule, et, s'é-
tant retournée, elle aperçut un grand homme tout basané, debout derrière elle :
c'était Douglas le Noir en personne, le sujet de sa chanson. Au même instant un
autre guerrier franchissait le mur près de la sentinelle.

Nous avons, en France, une légende à peu près semblable, quoique moins noble
et moins poétique. Douglas est une sorte de Croquemitaine, et bien sûr, si sage que
vous ayez été, vos parents ont appelé quelquefois le terrible et redouté Croquemitaine à leur aide.

Il est inutile de vous dire que le fait lui-même, raconté par Walter Scott, est encore une tradition dont on chercherait vainement à établir l'authenticité. Douglas
le Noir, non plus que Croquemitaine, n'est jamais venu prendre les petits enfants
dans les bras de leur mère ; et déjà, mes enfants, vous avez passé l'âge où l'on a peur
de ce méchant homme.

Le Château de Combourg.

Challamel, Edit. 4 R de l'Abbaye.

DESCRIPTION DU CHATEAU DE COMBOURG

C'est M. de Chateaubriand, né dans ce château, qui en a écrit lui-même la description que nous donnons ici à nos jeunes lecteurs.

En arrivant de Saint-Mâlo, nous aperçûmes un étang, le clocher de l'église d'une bourgade ; à l'extrémité de cette bourgade, les tours d'un château féodal montaient dans les arbres d'une futaie éclairée par le soleil couchant.

J'ai été obligé de m'arrêter après ces lignes ; mon cœur battait à agiter ma main et à repousser la table sur laquelle j'écris. Les souvenirs qui se réveillent dans ma mémoire m'accablent de leur force et de leur multitude ; mais n'interrompons pas mon récit : à chaque souffrance son ordre et sa place.

Descendus de la colline, nous guéâmes un ruisseau ; après avoir cheminé une demi-heure, nous quittâmes la grande route, et la voiture roula au bord d'un quinconce, dans une allée de charmille, dont les cimes s'entrelaçaient au-dessus de nos têtes ; je me souviens encore du moment où j'entrai sous cet ombrage et de la joie effrayée que j'éprouvai.

En sortant de l'obscurité du bois, nous franchîmes une avant-cour plantée de noyers, attenante au jardin et à la maison du régisseur ; de là, nous débouchâmes, par une porte bâtie dans une cour de gazon, appelée la *cour verte*. A droite, étaient de longues écuries et un bosquet de marronniers ; à gauche, un autre bosquet de marronniers. Au fond de la cour, dont le terrein s'élevait insensiblement, le château se montrait entre les deux groupes d'arbres. Sa triste et sévère façade présentait une courtine portant une galerie à machicoulis, denticulée et couverte. Cette courtine liait ensemble deux tours inégales en âge, en matériaux, en hauteur et en grosseur, lesquelles tours se terminaient par des créneaux, surmontés d'un toit pointu, comme un bonnet posé sur une couronne gothique. Quelques fenêtres grillées, d'un goût mauresque, apparaissaient çà et là sur la nudité des murs. Un large perron, roide et droit, de vingt-neuf marches, sans rampes, sans garde-fous, remplaçait sur les fossés comblés l'ancien pont-levis : il atteignait la porte du château, percée au milieu de la courtine : au-dessus de cette porte étaient les armes des seigneurs de Combourg, sculptées dans la pierre, et les ouvertures à travers lesquelles sortaient jadis les bras et chaînes du pont-levis.

Dans la petite cour, on remarquait un puits d'une profondeur immense, et, en face, une tourelle, cage d'un escalier de granit en spirale.

De la cour intérieure passant dans le bâtiment jointif des deux petites tours, nous nous trouvâmes de plain-pied dans une galerie jadis appelée la Salle des Gardes ; une fenêtre s'ouvrait à chacune de ses extrémités : deux autres coupaient la ligne latérale. Pour agrandir ces quatre fenêtres, il avait fallu excaver des murs de huit à dix pieds d'épaisseur. Deux corridors à plan incliné, comme le corridor de la grande pyramide, partaient des deux angles extérieures de la salle et conduisaient aux deux petites tours : un escalier, serpentant dans l'une de ces tours, établissait des relations entre la salle des gardes et l'étage supérieur : tel était ce corps de logis.

Celui de la facade de la grande et de la grosse tour, du côté de la cour verte, se composait d'une espèce de dortoir carré et sombre servant de cuisine, du vestibule, du perron et d'une chapelle. Au-dessus de ces pièces se déployait le salon des *archives,* ou *armoiries,* ou des *chevaliers,* ainsi nommé d'un plafond semé d'écussons coloriés. Les embrasures des fenêtres, étroites et très-liées, étaient si profondes, qu'elles formaient des espèces de cabinets autour desquels régnait un banc de granit ; mêlez à cela, dans les diverses parties de l'édifice, des passages et des escaliers secrets, des cachots et des donjons, un labyrinthe de galeries couvertes et découvertes, des souterrains murés dont les ramifications étaient inconnues, et partout, silence, obscurité et visage de pierre : voilà le château de Combourg.

A peine fus-je éveillé le lendemain, que j'allai visiter les dehors du château et célébrer mon avénement à la solitude. Le perron faisait face au nord et à l'ouest ; quand on était assis sur le diazome de ce perron, on avait devant soi la cour verte, et, au delà de cette cour, un potager étendu entre deux futaies ; l'une à droite (le quinconce par lequel nous étions arrivés) s'appelait le *Petit-Mail ;* l'autre à gauche, le *Grand-Mail* : celle-ci était un bois de chênes, de hêtres, de sycomores, d'ormes et de châtaigniers. Madame de Sévigné vantait, de son temps, ces vieux ombrages. Depuis cette époque, cent quarante années avaient été ajoutées à leur beauté.

Un Intérieur de Campagne.

UN INTÉRIEUR DE CAMPAGNE

Dessin de M. Fortin.

QUELQUES JOURS DANS UNE CHAUMIÈRE.

Croyez, mes enfants, qu'il y a des joies au sein même de la pauvreté, et que le bonheur, souvent, habite la plus misérable chaumière. En entrant dans ces chambres nues et pavées qu'on voit dans les campagnes, ne dites pas que les gens dont elles sont les demeures sont bien malheureux. Vous vous tromperiez sans doute autant que si, pénétrant dans un palais somptueux, vous y cherchiez la paix et le bonheur. On vous l'a dit, on vous le redira cent fois, le bonheur est en partie dans l'imagination, dans l'absence des désirs déraisonnables, dans la tranquillité de la conscience.

Moi qui écris ces lignes, je me rappelle toujours avec un contentement sans égal la visite que je fis, il y a cinq ans environ, à une famille de la Brie. Je demeurai deux mois avec elle, et je m'initiai au secret d'un intérieur villageois. Vous allez voir si les gens de la ville remplissent aussi complétement leurs journées.

Dès la pointe du jour, à quatre heures en été, chacun était sur pied dans la maison ; on balayait lestement le logis, et puis on s'en allait aux champs, emportant avec soi les provisions de bouche pour le dîner. Vers huit heures du soir on rentrait, et un souper frugal, mais copieux, était servi par la ménagère. A peine allumait-on la chandelle : pour le coucher aussi bien que pour le lever, on suivait le jour. Quelquefois, cependant, quand les travailleurs ne s'étaient pas trop fatigués aux champs, il y avait *veillée*.

La veillée ! Figurez-vous un cercle de bons paysans assis devant l'âtre d'une cheminée gigantesque, où le sarment pétille, où la flamme brille en illuminant toute la chambre. Une femme raconte une histoire bien vieille et souvent si terrible qu'elle fait trembler les petits enfants, et que peut-être vous-mêmes, quoique déjà grands, vous trembleriez aussi à l'entendre. À chacun son tour ; rarement le conteur a la parole deux soirées de suite. Ou bien on joue aux jeux innocents, à la main chaude, à colin-maillard, etc. Quelle franche gaieté ! Ils goûtent le vrai plaisir, celui qui donne le bonheur, et leurs figures expriment la prospérité.

Si l'on n'allait pas aux champs, on s'occupait des grands travaux domestiques, on faisait les provisions, on coulait la lessive, on soignait le potager. Pas une minute de perdue, et comment l'ennui aurait-il pu se glisser parmi nous ?

Comme j'étais un Parisien, et que les Parisiens dans les villages sont encore un peu regardés comme des merveilles, chacun s'occupait de moi et se faisait une fête d'avoir ma visite. J'allais déjeuner aujourd'hui chez tel paysan, demain chez tel autre ; boire du lait dans l'étable de Thomas, manger les fromages de la mère Thibaudeau, goûter les melons du jardinier Martial. En un mot, je savourais toutes les jouissances de la campagne. On m'attendait au logis, où je rentrais bien fatigué parfois. Le plus doux sommeil me reposait, et le lendemain, j'étais prêt à recommencer mes petites courses. La famille briarde, au milieu de laquelle je me trouvais, était joyeuse de me voir si content, et lorsque je me retirai, on versa des larmes, en me faisant promettre de revenir.

La Porte du Palais à Bordeaux.

LA PORTE DU PALAIS A BORDEAUX

Dessin de M. le comte de Turpin-Crissé.

Ceci n'est pas, mes enfants, une étude toute de récréation, mais en la lisant vous en retirerez un peu de science, et cela vous plaira, car vous êtes déjà raisonnables.

Bordeaux est une ville magnifique. Les maisons y sont monumentales, et d'admirables promenades plantées d'arbres, de superbes quais sur les bords de la Garonne lui donnent un aspect éminemment grandiose. Cette ville compte cinquante et une places publiques, a un vaste port où remontent les vaisseaux, profite des magnificences de la mer sans en supporter les brouillards ni les pluiés, possède un pont droit de dix-sept arches, avec des galeries où l'on peut loger sous les trottoirs. Bordeaux date du dernier siècle et est l'œuvre de Louis XIV et de Louis XV.

Quelques ruines seulement attestent la domination romaine. Nous avons vu celles du palais Gallien, sorte d'amphithéâtre où s'élèvent encore d'imposantes arcades, des murs bâtis de petites pierres carrées comme liées entre elles par des chaînons symétriques de briques longues et épaisses. Ce dut être un monument gigantesque. Une porte seule et cinq murs circulaires existent encore en partie, et comme chaque jour des constructions neuves s'élèvent au milieu de ces ruines, nul doute qu'avant vingt années il n'en reste plus trace.

L'époque du moyen âge a laissé plus de souvenirs. Mais il n'est rien de plus remarquable aujourd'hui à Bordeaux, comme vestige d'architecture moyen âge, que la Porte du Palais, tant à cause de sa valeur artistique que par sa position même.

Par la *Porte du Palais* on débouche de l'intérieur de la ville vieille dans des quartiers à rues larges qui mènent au port. Les jours de marché (il faut vous dire qu'en province le jour de marché est presque une fête), la foule s'en échappe à flots précipités, et va se répandre dans les environs. On jouit alors du spectacle le plus varié, le plus animé, le plus pittoresque. La bourgeoise, coiffée du chapeau de paille, se dirige vers cette fourmilière qu'on nomme un marché. La jeune femme du pays, aux yeux noirs, aux sourcils noirs, aux cheveux noirs, à demi enveloppée d'un madras, va, son panier sous le bras, acheter ses provisions de la journée. La domestique cause un moment avec l'amie qu'elle a rencontrée. Le paysan offre à tous sa marchandise fraîche. La marchande de lait, établie en plein air, près de la *Porte du Palais*, sert sous une tente au passant des tasses de café. Le vaillant militaire, le sac au dos, accoste son ancien compagnon, et dans le feu de la conversation, il s'aperçoit à peine de la pesanteur du fardeau qu'il porte. L'accent gascon s'entend de toutes parts; si vous n'êtes point né dans le pays, il vous sera impossible de comprendre un seul mot de ce qui se dit. La foule et le brouhaha, voilà ce que vous voyez et entendez, après avoir passé par la Porte du Palais.

On ne connaît point son origine, mais elle a le caractère des monuments du moyen âge. Elle possède les petites tourelles à panonceaux, les fenêtres encadrées, la corniche pour ainsi dire crénelée, et en général les ornements gothiques, avec lesquels se mésallient quelques replâtrages remarquablement disgracieux. Les niches sont comme des corps sans âme, et pleurent leurs statuettes détruites par le temps. Quelques vitraux ont été remplacés par des carreaux modernes. Du linge sèche au soleil, là où jadis une jolie châtelaine prenait le frais. La porte est tout isolée au milieu de bâtiments qui n'ont avec elle aucune ressemblance : on la dirait laissée là comme un échantillon de la ville ancienne, tout exprès pour inspirer le pinceau d'un paysagiste; son toit d'ardoises à pic domine peu les maisons environnantes, et ne sait que faire contre l'ambition des constructions modernes à quatre ou cinq étages. En plein midi, quand la ville est calme et abîmée par la chaleur, quelques lézards se promènent dans les crevasses des murs, et les oiseaux font leurs nids entre les supports de la corniche.

Ce monument ne tombe point en ruines; il est simple, bien bâti, solide encore. Chaque jour cependant quelques réparations lui sont nécessaires. Bordeaux, qui n'est pas comme Rouen jalouse de conserver ses antiquités, saura t-elle conserver la Porte du Palais? J'en doute, car j'ai vu le Palais-Gallien. Heureusement, nous aurons toujours ce monument en peinture, sinon en original.

Les Feuillages.

Quand l'ardente saison fait aimer les ruisseaux,
A l'heure où vers le soir cherchant le frais des eaux,
La belle nonchalante . . . .

(Salon de 1841)   (André Chénier — Elégies)

LES FEUILLAGES

ANDRÉ CHÉNIER.

Nous donnons à nos jeunes enfants un extrait d'une étude de M. Antoine De Latour. « Le goût de la poësie se développa de très-bonne heure dans André Chénier. Dès le collége il était poëte. Il raconta ainsi lui-même ces premières impressions de son adolescence :

> A peine avais-je vu luire seize printemps,

N'y a-t-il pas déjà dans cette jeune imagination, si vivement préoccupée, à seize ans, du génie de Sapho et des simples beautés des champs, la promesse d'un poëte élégiaque, et même (mais alors qui s'en fût doûté?) et même d'un élève de Théocrite? L'avenir du poëte est tout entier dans ses vers.

Le spectacle de la nature était pour lui la condition nécessaire de l'inspiration. Il a besoin, pour chanter, que le printemps soit venu le prendre à la ville pour le ramener aux champs.

> Venez ; j'ai fui la ville aux Muses si contraires ;
> . . . .

Et plus bas, comme il peint avec amour cette muse des champs qui est la sienne!

> Bois échos, frais zéphyrs, dieux champêtres et doux,
> . . . .

On sent à ce langage que la muse d'André Chénier n'est pas un caprice de l'imagination, une forme purement littéraire, mais bien quelque chose de réel et de vivant... Si André Chénier aime et comprend la nature, c'est moins, il faut le dire, dans ses grands spectacles que dans la jeune et naissante beauté du printemps. Nulle part il n'affecte pour les sombres magnificences de la nature septentrionale cette prédilection qui nous vient de l'Allemagne. André Chénier appartient à la Grèce.

André Chénier est de tous nos poëtes celui qui, depuis Fénélon et Racine, et avant M. de Chateaubriand, a le mieux senti le génie grec; et nul, je n'hésite pas à le dire, ne l'a, avec autant de bonheur, naturalisé dans notre poésie. Aussi l'idiome qui est pour lui.

> Un langage sonore aux douceurs souveraines,
> Le plus beau qui soit né sur des lèvres humaines.

C'est à travers l'Odyssée que Fénélon a vu la Grèce; c'est dans Sophocle, c'est dans Euripide que Racine s'est agenouillé devant elle.

Gardons-nous bien de conclure que, fanatique admirateur de la Grèce, il frappe d'anathème tout ce qui n'est pas elle : loin de là, c'est l'originalité qu'il enseigne au

nom des Grecs. Le premier de ses poëmes est un hymne en l'honneur de l'inspiration. Au milieu de ces poétiques études, la révolution éclate tout à coup, et ce qu'elle
a de généreux dans son principe s'empare irrésistiblement de l'âme d'André Chénier.
Adieu les magnifiques promesses de l'épopée, adieu les joies intimes jetées avec tant
de grâce dans de *folles* élégies, adieu les chants passionnés de l'idylle! Le voilà poëte
lyrique. Il chante le *Jeu de paume,* et son ode est moins encore l'apothéose du
peintre que l'inauguration de la liberté, liberté sage, ne nous lassons pas de le répé-
ter. Après ce regard jeté brusquement sur le monde, il court se renfermer de nouveau
dans sa petite chambre, dont il a peint lui-même avec tant de grâce le poétique dés-
ordre. Il saura bien en sortir encore quand l'existence des clubs menacera la consti-
tution, ou quand, pour écrire à la Convention, Louis XVI aura besoin d'une main
qui ne tremble pas. Mais maintenant la monarchie est encore debout. Il faudra plusieurs années pour mener la révolution de la Bastille au temple, et l'imagination du
poëte du dithyrambe sur le jeu de paume, aux *iambes* vengeurs de Saint-Lazare.

Voici comment il raconte lui-même ce travail de la pensée :

Sans renoncer aux vieux, plein de nouveaux projets,

Vient un fâcheux qui lui demande où il en est des œuvres commencées, et *Colomb,*
et l'*Hermès ;* André Chénier lui répond par une admirable description du travail
des fondeurs, puis il ajoute :

Moi, je suis un fondeur. De mes écrits en foule
Je prépare long-temps et la forme et le moule ;
Puis sur tous à la fois je fais couler l'airain ;
Rien n'est fait aujourd'hui tout sera fait demain.

Cependant la révolution précipitait sa marche ; un de ses crimes fut d'emporter
André Chénier. Nul n'a le droit de peindre après M. Alfred de Vigny, dans
Stello, l'immortelle agonie du grand poëte. Laissons donc se refermer sur lui cette
porte pesante de Saint-Lazare. Là même, la poésie le suivit, consalatrice sublime de
ses heures suprêmes. Sa dernière œuvre est la plus touchante de ses élégies. Mais
respectons, sur ces deux pages, le voile que la mort y a déposé ; il ne faut relire *la
Jeune captive* que pour pleurer la victime et plaindre les bourreaux.

Ici s'arrêtera ma tâche. Je n'ai voulu ni raconter sa vie ni apprécier d'une ma-
nière complète les ouvrages d'André Chénier. Sa vie, M. H. de Latouche l'a écrite ;
et ses ouvrages, M. de Sainte-Beuve les a jugés avec cette finesse d'aperçus, avec
cette pénétrante sympathie d'analyse qui font de sa critique une des créations de
notre temps.

FIN.

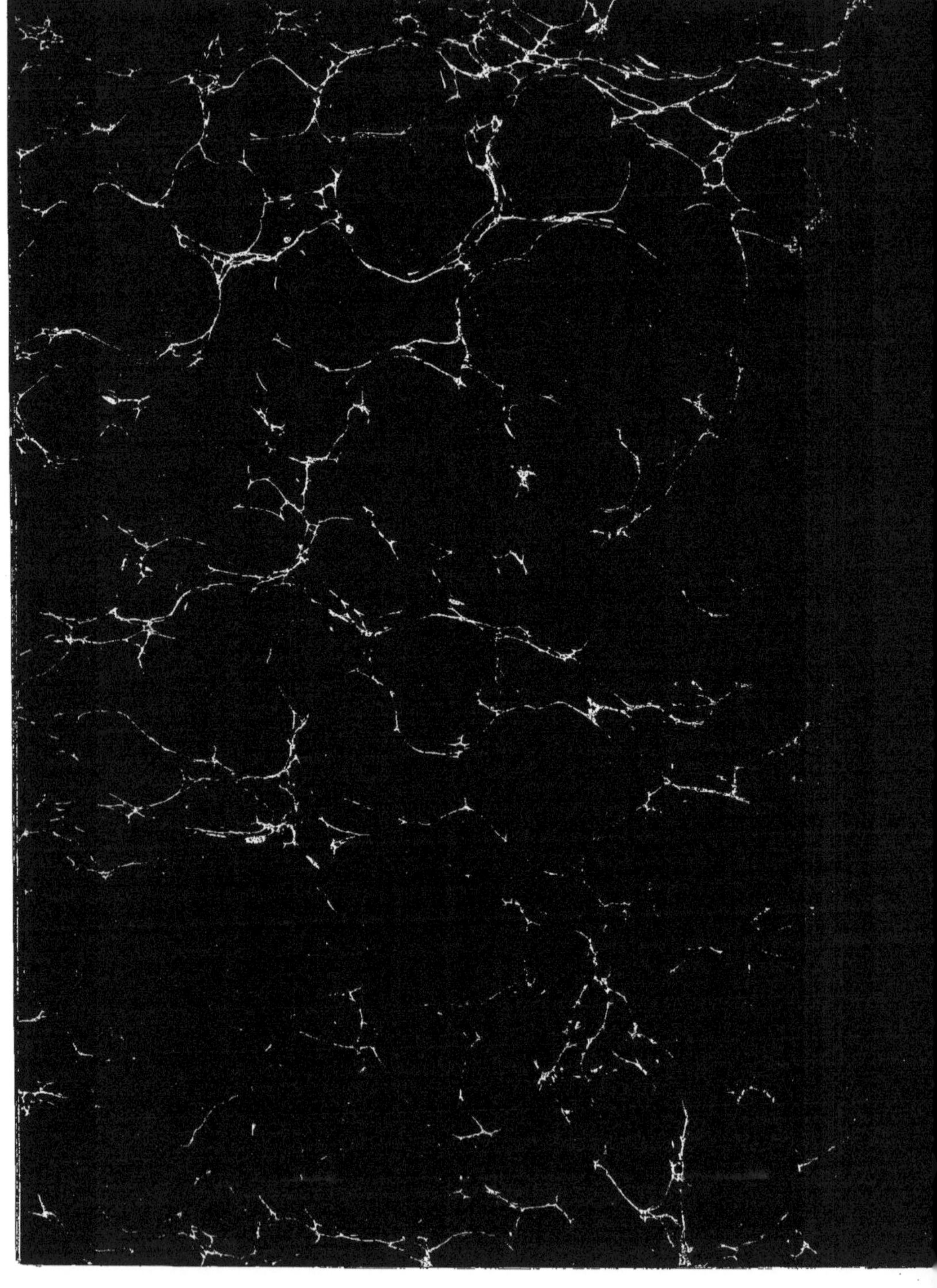

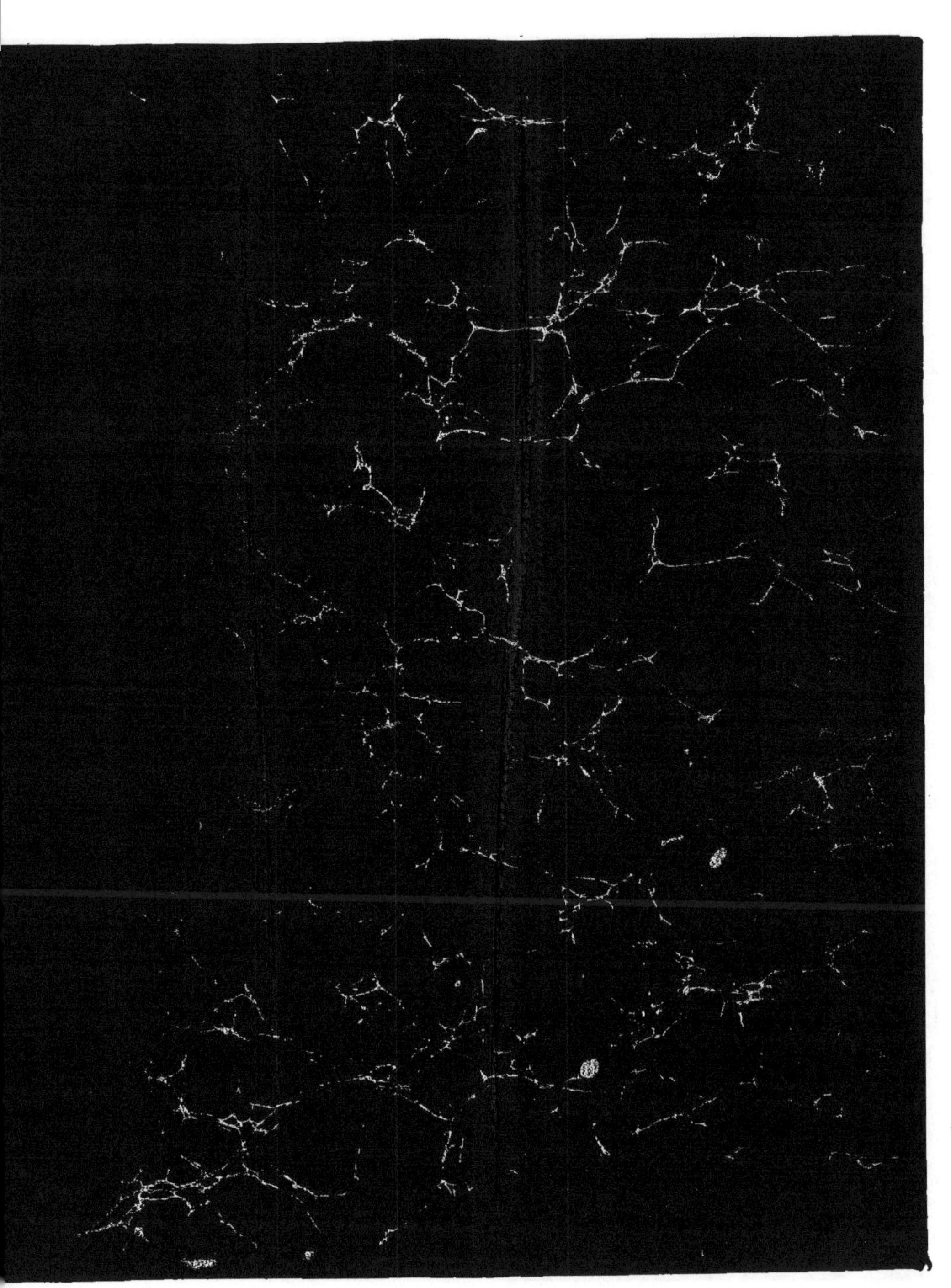